詩集「サイボーグ　の夜」

井上英明

目次

I

当たり前のことなど

窓ガラス越しに　日差しの中を歩く黄色の通学帽の子ども達を見ている　冬の風が吹き始めているのか　少し俯いている　バランスを取りながら向かい風には無意識に前傾となるのは　当たり前のこと　駐車している車のフロントガラスに反射した光が私の眼を射て　その子どもたちの輪郭をおぼろにした

二人の息子が歩き出したときのことは覚えていない　長

男は一歳を少し過ぎて　二男は一歳少し前に歩き出した
ように思う　家族でその一歩を喜び合ったのは確かなの
だが　特別の思いがあったかどうか全く覚えていない
当たり前に　多分近いうちに歩き出すのではないかと言
う　予測の中で当然のように歩き始めたからだろう

長男のところの孫が七歳で歩き出す　この孫が一歳近く
になり　歩いたら靴をお祝いに贈るから　そう約束した
ときは　十二センチ位の柔らかな軽い靴を思っていたの
だが　小学校二年生になり好みもあるだろうからと　好
きなものを買ってもらい代金を払うことにした　この靴
を買ったよと息子が見せてくれたものは　十九・五セン
チの　黒い深みのあるしっかりとしたものだった　祝い
の品としての華やかさのない

歩けなかったことを記憶しながら歩く　それを可能にする七歳という時期　まだおぼつかない歩みを見て思う
祈りが希薄になる前に　待つことに疲れながらも　待つことが諦めにならないうちに成就したそのこと

これからも　当たり前のことなど何もない　ガラス越しに下校する子どもの集団を見ている　向かい風の中で前傾姿勢を取れるのはいつだろうか　あの集団に入れるのはいつだろうか　この子とその家族は少しの遠回りと遠回りの意味を咀嚼しながら生きているのだ

五十九歩

三日前　小脳に障害がある孫の「あゆむ」が五十九歩歩けたと報告があった　歓びながらも思う　七年三か月それを長いと思うのは　待っている時間のことだろうか
なぜ彼は二本の足で立とうとしたのか　なぜ歩こうとしたのか　それが当たり前のことと理解してしまう残酷さを思う

がんばれがんばれと励ましたのも確か　だが励まされた

から歩きだしたのではない　歩けることが幸せなのではない　その向こうにあるもの　立ち上がり視線を上にしたことで風が変わる　だが歩くことで遠回りしてしまうことだってあるかもしれないのだ

五十九歩でどれだけの距離を移動できたのだろうか　五十九歩にどれだけの時間をかけたのだろうか　転ばぬように慎重に小さな歩幅で　揺れる体をひろげた両手でバランスを取りながら　いつでも母親にすがり付けるようにと　母親の位置を視覚の片隅において　彼がそこに見た初めての景色を思う　何も見えなかったにしろ　それが歩くことの意味だと気付く

時折り近くのコンビニまで歩いて煙草を買いに行く　玄

関から店のカウンターまでおおよそ百メートル程度の距
離だが　私の足では百五十歩　同じ距離を　サニブラウ
ン選手は四十四歩で駆け抜けるらしい　しかも十秒を切
る速さでだ

比べるつもりもないが　比較することで見失う何か　サ
ニブラウン選手も私も　いつの間にか五十九歩を必死に
歩いた彼とは違う世界に住んでいたと気付く　罪のない
体で生まれ　歩くことを望むことは　罪を犯す体になっ
ていくことかもしれないが　彼は屈託なく緩やかに競わ
ぬという選択の中で　それを超越する　七歳三か月の春
である

サイボーグ　の夜

昼間敵と闘っていたわけではないが　夜超合金防具を外すと　身体がほっとしたように喜ぶのだ　可動域が変わったわけではない　締め付けて自立を促し　杖という武器を左手にあたかも隣人と同じように　あるいは少しだけ遅れて動くことができる

庭の明日葉が透き通る緑の葉になった日のこと　平衡感覚に障害がある孫の「あゆむ」が　一緒に風呂に入ろう

と裸になった時　私が右足の金属の装具を外すのをじっ
と見て　不思議そうに私に問う　どうしたの

彼も七歳にして　両手を振りバランスをとりながら　不
器用にやっと歩けるようになったのだが　やはり私の装
具は理解の範囲を超えているらしい　どうしたのと問う
から　私の病名を教える　ショウニマヒ　何度も繰り返
し声にしながら覚えようとしているのだが　理解には届
かない　ただ自分の歩き方と比較しながら理解している
ように思える　同級生と自分を見比べることを知ったの
か　未だに「正しい」歩き方ができていない自分に置き
換えながら

サイボーグになれば孫の手を引いて歩くことはできる

孫にしてみれば　手を引いて歩行を助けていた「じいじ」
は　サイボーグだった　でも何も変わらない日常

サイボーグでなくなる夜　痛みを知らない患足の右足が
浮腫んで火照りながら　解放に喜ぶ　防具がない私と防
具を付けた私とどちらが本物か　もう答えることができ
ない　どちらも不幸ではないということだ

妻が夕食用に摘んだ明日葉　言い伝えのように明日の朝
には新しい葉を付けているだろうか　私は明日の朝もサ
イボーグとなり　「あゆむ」は少しずつ平衡感覚を獲得
するはずだ

歩（あゆむ）はふざけすぎて

ふざけすぎて転ぶ　今風のヒップホップを踊りながら歩くから　バランスを崩して転んでしまった　友達ができるのだから自分もできるはず　そう思ったのだ　こうして少しずつ友達との差に気付いていくのだろう　眼の上に少しの傷と額に痣　身体を震わせて泣いたのは　できなかった事への痛みと　できなかった事の驚き　痛みが引けば気付かなかったふりをして　また試してみるのだろう　今はそれで良いのだ

学校から帰って来て悲しい顔をしていたという　しゃべりたがらない彼から母親が漸く聞き出すと　馬鹿と言われたという　上手く表現できないこと　うまく歩けないという差は　なんとなく分かっていたが　馬鹿という言葉が決定付けてしまう　同じ境遇の子たちが学ぶその部屋で　差をひけらかすように　悲しいのは弱い虐げられた者が　自分よりさらに弱い者を見つけ出し虐げること

私には馬鹿と言った子を責める資格はない　私も一度だけその言葉を使ってしまったのだ　反抗期で私の注意を無視してコップを倒したので　思わずその言葉を口にした　「歩は馬鹿？　歩は馬鹿？」　悲しそうに私の顔を覗き込み　聞いてくるあの声が胸に刺さった儘なのだ

「きょうだいに『馬鹿』と言う者は、最高法院に引き渡[※1]

され、『愚か者』と言う者は、ゲヘナの火に投げ込まれる」　そう書かれているからではない　私も痛みを知っていたはずだからだ

今日も息子のスマートフォンから流れるヒップホップの音楽に合わせ　屈託なくバランスを取りながら身体を動かす　踊る　転びそうな危うさの中で時にはおどけて屈託なく　と思わせるしたたかさに安堵する　皮肉にもそれは傷付けられ　差を知った事で初めて獲得した　これから生きていくための術なのだ

今年も桜が開花し　散り始めるころ玄関の海棠の花が咲き　海棠の散る花びらを追うように　街路樹のハナミズキが咲き出した　私の周りにある当たり前に見える季節

の流れ　だが少しずつ早まる花たちの開花に　あまり急ぐなよ　人を競わせるように急ぐなよ　自分の開花の時期を知らない幼い子たちが転んでしまうではないか　とたしなめた

※1　マタイによる福音書　五章二十二節

「あゆむ」の哲学

「あゆむ」の体育祭があって　妻のスマホに彼の百メー
トル競走の映像が送られて来た　四人でスタートライン
に立ち　合図とともに一斉に走り出す　疾走する子ども
たちから遅れて　腕でバランスを取りながら歩くよりは
急いで　と言った方が的確かも知れない　だが彼は走っ
ているのだ

三人がゴールした後も必死で走る　長男の嫁さんの　が

んばれ　の声がスマホから聞える　観衆のざわめきと拍
手が聞えてくる　彼にとって　勝つ　ことではなく　今
は彼なりに一生懸命走り切ること

ようやく彼のために用意されたゴールテープをきる　上
級生から着番が書かれた紙きれを渡され　それを誇らし
げに掲げてクラスメートの所に行き　たくさんのハイタ
ッチをしている

もう分っているはずだ　自分とクラスメートの違い　結
果が分かり切った競走だから　不参加という選択肢もあ
ったはずだ　だが彼はそれに挑むというより参加した
彼にとって着番が書かれた紙切れの数字に意味はない
紙切れはそこに居て　ともに　楽しんだという証し　そ

れが「あゆむ」の哲学なのだ

帰宅した彼は　見たよがんばったね　という妻の言葉に
少し照れる　照れることを知っている十歳の男なのだ
それにしても　「あゆむ」の哲学　が理解できれば　世
の中はもう少し住みやすくなるのだが

Ⅱ

自明の理

1

頷くな　その話題に反応するな　譲れぬと思っても　疑似餌に騙される魚の様に飛びつくな　頷くしかない仕掛けがそこにあり　取り込もうとする奴の思惑がそこにある　だからただ黙ってそこを立ち去れ

立ち去る時　履物の底に着いたチリを払い　お前とは関係はないと黙って立ち去れ　奴のやりたかったことは

出口のない議論に巻き込み　惑わせ　頷かせることだ
目を見るな　議論に勝つことに意味はない　勝つことで
さらに罠は巧妙になる

あっけなく三月十六日　熱帯夜二〇一六年七月二六日
財を作り出せない者は価値がないと　意思の疎通が図れ
ない者は価値がないと　重度の障害者の命を奪った　あ
の事件が結審する　議論に巻き込んで自己主張したのだ
が　空回りだったのだろうか　責任能力　反省を促さぬ
まま　それを根拠に問うてしまったとき　最も大事にし
てきたものを天秤にかけてしまったように思う　命は言
葉にできぬ無限の価値があり　言葉にするときそれを有
限にしてしまう　それが奴の思惑なのだ

死刑に処してなお許せぬ気持ちがある　ことに虚しく気付く　再び思う　人の命の価値を問うそんな議論には近づくな　質でも量でもなく　有る　とだけ思っていればいい　自明の理として　これからも

2

飢饉が続いて　納屋には少しの米と種籾しか残っていなかった　種籾は残しておかなければならない　豊作を約束してくれぬ暗い空　僅かに残った食用の米を炊き　それを緩く伸ばした　空腹の子が弱く泣く　泣く子を柱に縛り付けて　聞こえぬふりをして　腹に収めた　粥とも言えぬ重湯を　子の泣き声と共に飲み込んだ　子はまた産むことができる　大人が生き延びれば　引き継いだ家系を絶やさずに済むのだ　それが家長の務め　痛みを引

き受けるのも

やり切れぬ思いで　そんな記述を読んだことがある　思い出しながら　三月一六日今日の争点と重ね合わせる

符合するのはこの社会を継続させるための方法

人の価値を論点に置かなかったのは　命の価値に論点を置かなかったのは何故だろうか　自明の理としてそれを回避して　責任能力だけをなぜ争点にしたのだろうか

仕草のかわいさだとか　笑顔だとか　かけがえのない存在だとか　否定しようもないが　大切なのはこちら側の立場からではなく　その人側の生きようとする生命　意志ではないか　それを抹殺したことではないか　自明の理　それを改めて確かな言葉にしなければならない社会

になってしまったのだから

新たな飢饉がやって来る　その時は再び幼子を木に括り
年寄りを山に捨てるのか　愛する者を捨て去る論理は
メビウスの迷路のように単純で　生き残った者が何度も
悲しみの道を歩むのだ　一九九五年の神戸の震災では
若い男女がお互いを庇う様に抱き合って　そんな遺体が
掘り起こされたが　あの日悲しくも二つで一つの死に納
得した

六年目の祈り

――津久井やまゆり園事件の記憶のために――

二千十六年七月二十六日夜半　で止まってしまった時間
を　健全そうな笑い声がすり抜けて行く　そんな後ろ姿
に呟く　たまには振り返って見ろよ　亡骸を土に帰して
なお忘れまいとする心が　新たな血を流している　子ど
ものゆっくり過ぎる成長に　ようやく納得して喜ぶこと
を知った母親と父親がいるはずだ

あれから六年　殺された者が尽きることのない安らぎの

中で　と祈り　社会が変わります様に　とも祈った結果
が虚しくそこに在る　何もせず少しだけ尻をずらして
居心地の良さを願った祈りだから　神は何も変えてはく
ださらなかった

ノーマライゼーション　美しい言葉を学生に説明する
病人も障害者も健康な者も　みんないて　誰も除外され
ない社会　泣く声と笑う声と喜ぶ声　と怒る声があり
どれも私たち社会の成長には　無くてはならない声なの
だ　小脳に障害がある私の孫の夢は　大人になったらパ
パとマラソンをして　一緒にビールを飲むこと　願いが
叶わなければ　そこに居て共に悲しめることなのだ

今年も七月二十六日がやって来て　風が無かった熱帯夜

の悲鳴さえ出せぬ恐怖と絶望が甦る　どんなに優しくな
い社会でも　無かったことにはできない命　何時安らぐ
のだろうか　今夜もそこに佇みながら思う　不条理の死
に立ち止まるひとつの思想があって欲しい　最も小さな
者のために立ち止まる世界であって欲しい

あの日　怒りを報復にと祈ったことを詫びる

風は歪んで

令和天皇の大嘗祭が行われた日　福島・白河市にいた
二両の貨車があって　多数のユダヤ人やナチスに抵抗し
た者をすし詰めにして　アウシュヴィッツに送り込んだ
あの貨車を模していた　貨車の中には目の前で父が殺さ
れた場面を描いた絵があって　拙さから描いた子どもの
年齢を推し量り　正視できぬほどの傷の深さを思った
この日私を包む福島の風は歪んで　冷たかった

戦争が終わると　ナチスやアウシュヴィッツを非難し始
める　非難することが正義だというように　だがどの国
もその存在は知っていたはずだ　話題を逸らすように杉
原千畝やコルベ神父のことを賛美しだしたが　その事と
は少し違うと思う　遠巻きにして知らぬふりをした罪が
問われていない

今朝一月二日　万歳をする群衆を映し出しているテレビ
の画像を消す　裁くことを嫌いながらも思う　ナチスと
同じ時代　同じ時　この国でも　宮城遥拝　を拒否した
者が投獄され獄死している　そのことを並べて考えてい
る　殺された人の数ではなく　この世の命と引き換えた
ものと　子が父の思いを引き継ぐことさえ　許さなかっ
たことを

アウシュヴィッツを作ったのは　宮城遥拝　を強いたの
は一人の男か　扇動された群衆か　あるいは両方か　そ
れさえも問えなくなるほど時が経ち　誰もが穏やかな顔
になったが　七十五年を瞬時にさかのぼれる牙　を隠し
ていないか　昨日まで賛美していた杉原千畝やコルベ神
父すらも引き裂く牙　遠巻きにしながら誰もが隠しては
いないか　その時　風は歪んで

節目の日に
――あるいは時候の挨拶――

二千十一年三月十一日から十年　節目という言葉で振り
返る　それは儀式ではなく　旅立った人を終日忍ぶ悲し
い節目　あの日から荒野と化した街を　亡骸を探して彷
徨い続けたひとりの男が述懐する　原発で町が潤ってい
た頃は　それを誇りとしていたが　今はそれを悔いてい
る　誇りと思ったことを　と自戒する　節目の日にも心
が彷徨い続けているのだろう

あの頃オール電化が流行って　十二年前長男もそんな家
を建てたのだが　津波による原発事故で　寒さしきりの
三月中旬計画停電となった　長男は仕方なく古い灯油ス
トーブを持ち出し　燃料タンクを抱きながら申し訳なさ
そうに我が家にやって来た　地球温暖化防止には原子力
発電　危険性は感じていたが　暮らしの便利さを選んで
異を唱えることはしなかった

原爆の図　の丸木位里と丸木俊を思い出す　千九百八十
九年の福島第二原子力発電所の事故の折　原発に反対し
て　原発での発電割合に基づき電気料金の不払いを東京
電力に通告　美術館の照明もその割合で削減した　明る
い照明の中で原爆の地獄絵を鑑賞するのではなく　薄暗
さの中で目を凝らしながら　壮絶な過去とまやかしの現

在に向き合うことを鑑賞者に求めたのだろう

三月が近づくと時候の挨拶のように復興という言葉がちらつく　元のように街並みを整えて賑わいを取り戻すことか　元の暮らしに戻ることか　事故を起こした原子炉を廃炉にすることか　どこかに時候の挨拶と化す思惑があるから　あの男の彷徨はいつまでも続くのだろう　そこにある故郷だが　たどり着けぬ故郷　それよりもあの思いを払拭できる日を待つ　その道のりはモーセの新天地を求めた旅よりも長いに違いない　過ちの在りかを見極めながら　誇れる新たな暮らしを見出そうとして

ウクライナ哀歌――記憶の為に――

復活祭のミサに行く為に　女体山と天神山の間に作られた道を行く　女体山は帆立貝型古墳　天神山は前方後円墳　この町は天神山古墳を　畿内大和政権と強い繋がりを持つ毛野国大首長の墓　と誇らしげに言うのだが　大首長がどのようにこの地を平定統治していったのかは分らない　外堀と内堀の一部を埋め立てて横切る県道二号線を車で走りながら　今朝はウクライナの惨状とこの地が重なって仕方がないのだ

広葉樹が低い丘のような二つの古墳を包んでいて　若葉
から新緑にかわっていく季節の穏やかさが　葬られた人
の人柄を表しているような錯覚をしてしまうが　この街
には数多くの古墳が散在し　埴輪武装男子立像[※1]が出土し
ていたことを見れば　武装しなければならなかった時代
であったということだ　平定　という感情を伴わない言
葉に　悠久という言葉を重ね　その中にある欲望

結果を肯定することでそれが歴史となり　諦めるように
新たな皮膚が傷を覆い隠したとしても　癒えぬ傷はそこ
に在るのだ　だから憎しみは時間によって漂白されるわ
けではない　映像は逃げ惑い　母親と離れ離れになった
幼子が若い兵士に　「ママは何処　ママは何処」と問い
続け　若い兵士は視線の定まらぬ幼子の震える頬を両手

で包み　「大丈夫　大丈夫　ママは向うにいるから　向
うにいるから」と繰り返しなだめる　語り継ぐことで憎
しみを継承し共有する　それがこの子の思想となる

ここは関東平野の一角　古墳時代からそれ程様変わりし
たわけでもあるまい　ウクライナの田園風景に似ている
のではないか　ミサはエジプトの隷属から解放された旧
約聖書が朗読され　罪から解放する神の復活が告げられ
た同じ聖堂で私は　侵略者を即座に裁くようにと祈った

※1　東京国立博物館所蔵　埴輪では国宝第一号

クリスマスツリー

教会暦の新年度はクリスマス四週間前の待降節から始まる　この日馬小屋を作り　空の飼葉桶を置き　悔い改めて心静かに私たちの王の降誕を待つ　二十五日には生まれたばかりのイエスを飼葉桶に置き　そこからクリスマスが始まる　そして親しいものと祝うのが習い

去年までは商業ベースに迎合するようで興味がなかったのだが　今年は待降節を前に無性にクリスマスツリーが

飾りたくなった　七十歳を過ぎた老夫婦だけの日常　と
言えば悲観的に聞こえるが　素直になれる年ごろなのか
もしれない　或いは不幸ばかりの世界を見続けていて
少しだけキリストの生誕の意味が分かったのかもしれな
い　待降節を待ちきれず百五十センチの高さのツリーを
買い求め　言い訳のように孫を呼んで一緒に飾った

クリスマスツリーを最後に飾ったのはいつのことだろう
か　二人の息子がそれを見て喜ぶ幼い時期　四十年近く
前のことだと思う　何年か飾ったが　日々の忙しさと
成長していく男の子の素っ気なさに飾らなくなったのか
もしれない　ただそれだけではなく　クリスマスに至る
物語とか　そこから始まる歴史を飛び越えて浮かれる街
並みと一線を引きたかった　という思いも強かった

今週私に届いた知らせは　「ヨルダンの諸教会　苦しむ
ガザに連帯し　クリスマスの祝賀中止」し　降誕祭を祈
りの日とするということだった

孫と妻と三人で　雪に見立てた綿を　これも樅の木の枝
を模した濃い緑のビニールの上にそっと置き思う　二十
五日までは節制と祈りの中で暮らし　その後「主の公現」
後の日曜日までを降誕節として相応な楽しみ方をする
だがその日もガザは銃声に怯えて　憎しみの中にあるの
だろうか　クリスマスイブも過ぎ越しの夜のように　い
つでも逃げられるように身繕いをして　中腰で食事をす
るのか　クリスマスツリーを飾ることは　幸せのバロメ
ーターだと私は遠い国の戦争で気付く　それは比較のよ
うで悲しくもあるが

メシアの降誕を告げる大きな星を　樅の木の天辺に刺し
込みながら思いを馳せる　再び星が現れる時に

要注意外来生物・侵略的外来種

要注意外来生物・侵略的外来種　そんな風に呼ばれ
るとは思ってもいなかった　もともとは明治時代末
期愛でられるために帰化　その後この国の復興期に
誤って自然界に入り込み　一時大きな集団を作って
しまっただけだ

四十年位前だろうか　車で川沿いの道を走っていると
向う岸に青空を突いてひときわ高く　黄色の穂が揺らい

でいるのを見た　あの花は何　同行していた友に尋ねると　あれは外来種で　落ちた種子から有毒ガスを発生させ　在来植物を駆逐してしまう草　だからあの花だけが群生しているのだという　そんな話を聞くと　光るように　鮮やかにと思っていたその黄色が毒々しく見えてきたものだ

北アメリカ原産　キク科アキノキリンソウ属セイタカアワダチソウ　根から周囲の植物の成長を抑制する物質を出すアレロパシー機能を持つから　要注意外来生物・侵略的外来種だそうだ　一度は野原を席巻したが強かな在来種のススキに巻き返された

しおらしく暮らしを彩るものは良い　だが野原を侵食し

ては困る　重労働で危険な仕事をしてくれるのは良い
だがそれ以上の仕事をされては困る　慎ましく暮らして
いるのなら良い　だが私以上の暮らしは許さない　人間
の世界は　植物の世界の縮図で　人間の本能が植物と同
じと言うことに気が付く　今日　生活困窮在留外国人へ
の寄付依頼のダイレクトメールが届く

ニル・マーネル

鉢植えのバラが散ったので　それを北側の土におろし植え替えたのだが　奇蹟的に根付きバラは赤い大輪の花を何年か続けて咲かせた　多分二十年ほど前のことだ　しかし気が付くと白いノバラに変わっていた　多分ノバラに接ぎ木をして咲かせていたのだろう　白い小さなノバラは　高齢者世帯となった私達の玄関には　それはそれで風情があっていいと納得するのだ

甘楽町楽山園のスイレンが見頃とテレビが伝えたので
スリランカから来たという青年を思い出した　スイレン
と言えばスリランカの国花　という短絡的な発想の中で
気弱そうな痩せた顔を思い出した　なぜこの国にいるの
か詳しい事情は知らない　何を夢見たかも知らない　こ
こで暮らしたいという思いは知っている　だが手元に残
ったものは何もなく　追い立てられながらここに住んで
いるのだろう　空腹にも怯えているのだ

貧困者への食糧支援を手伝う　ポリ袋に今日の弁当とペ
ットボトルのお茶を入れ　段ボール箱に入った幾日分か
の米と缶詰などを渡しながら　私は目を合わせぬままに
思った　外国から騙すようにして連れて来て　安い賃金
で長時間重労働をさせる人身取引　接ぎ木のように切れ

込みに身を押し込まれ　艶やかさを失えば　根付くこと
も許されず　親木から押し出すように排除される　この
国は　他人の命と時間を浪費しながら　繁栄を企てる
だがそれが虚構であったといつ気付くのだろうか

肥料を与えなかったから　バラの大輪は途絶えてしまっ
たのではないかと気付く　バラの隣のアジサイも丈は伸
びたが　いつの間にか貧相なガクアジサイになってしま
った　午後からどんよりと曇ったまま夕刻になり　入管
難民法改正案が可決とニュースは伝える　スリランカの
青年はこの国の接ぎ木ではなく　いつか水を断たれる切
り花だったと首を垂れたか　スリランカは雨季　ニル・
マーネルも今は遥か遠く

ニル・マーネル　スリランカの国花
スイレン科スイレン属　耐寒性多年草

Ⅲ

義母を悼んで

気が付くと　長年使っていた時計が三時間遅れていた
時差　ならば日の出の違いでありこの地球を同じ速度で
動いていることになる　だがなおも遅れ　作った人の意
思から離れて　自分の速度で歩みはじめた　送られて来
る電波は届かなくなり　太陽からの光も感受できなくな
った　それらから解き放されて緩やかな歩みとなり　残
された蓄積した光のエネルギーを生きるだけになった

骨折による入院を機に　家から離れた生活を強いられ
少しずつ現実の生活から優しかった昔の生活を振り返り
その中に留まろうとする　時の森の中で迷い　迷い続け
た果てに出口を探すことをしなくなった　だからそこに
ある季節さえも義母を縛り付けることができない　知ら
ぬ人を見るように私を見　家族や家にすがるように生き
ることを捨て　秒針の動きを視界から捨てて　残された
命を自分の歩みだけで生き始めた

若い[※1]時は、自分で帯を締めて、行きたい所に行った。
しかし、年を取ると、両手をひろげ、他の人に他の
人に帯を締められ、行きたくない所に連れていかれ
る。

そんな言葉を思い出している　少し意味合いは違うが
家族の為に何の不平も言わず自分の家を出　介護施設に
身を置いた　自分を捨てて耐えるという意味では　殉教
なのだ　体は土に帰り　命は神のもとに帰る

主の降誕祭の前夜に妻の母が帰天した　苦労を語ろうと
しない停止している安らかな顔　これでいい　と納得す
る　痛みや息苦しさを耐えて義母がたどり着いた停止し
た安らぎ　義母の一生を思う時に特別なエピソードを探
す必要はない　その一生は母としての優しさと　至らぬ
私たちへの優しさを持った断念ではなかったか　すでに
誰かの手を求めない　途切れそうな浅い呼吸　それを理
解するか否か

壊れた時計を見る　秒針はゆっくりと　義母の遺体から
温もりが去るのを惜しむように動いていた
※1　ヨハネによる福音書　第二十一章十八節

ベトザタ異聞

世話になり信頼している者を　その能力を妬んで裏切り
陥れようとする誘惑は私の中にあり　裏切りを正当化で
きないがために　孤独となり赦しの場を求めるのだ

エルサレムにベトザタという池があり　その水が動くと
き　いち早くその水に入った者の病が治るという言い伝
えがあった　三十八年そこに横たわる男は　良くなりた
いかと問われて　良くなりたい　とは答えず　主よ誰も

私を助ける者がいないのです　と言った

男は知っていた　病が良くなるということはこれまでの
暮らしを改めること　だが三十八年そこに居たのは　男
が　惑わすものへの未練を断ち切れないということ　良
くなりたいという希望を持ちながらも　復帰したコミュ
ニティーで良い状態を持続する自信がなかったのだ

あなたの罪は許された　とは告げられず　起き上がり床
を担いで歩けとだけ言われその通りにしたが　感謝の言
葉はなかった　その後神殿で出会ったとき　良くなった
のだからもう罪を犯かすな　と諭されイエスだと確信
安息日に俺を癒し律法を犯したのはあの人だと密告した

それから暫くしてユダが　主よ　と呼び神と信じながら
も裏切ったことで　磔刑により刑死したことを知る　ユ
ダはそのとき何と思ったか　心の片隅で　主は追っ手を
すり抜けることなく捕縛されたことを

男は思う　ユダは裏切りで銀貨三十枚を得たが　俺の得
たものは何か　ベトザタに戻らなければならないほどの
病になったわけではない　人の罪を背負い死んだのだか
ら　俺の裏切りの罪は赦されたか　エルサレムの　新た
にできたコミュニティーを羨望し　その回りを徘徊しな
がら密告の虚しさを感じることが　唯一の救いなのだ

参考　ヨハネによる福音書　五章

亜麻の束

綱で城壁の外へつり降ろされる時　カレブとピネハスは
たおやかな風に包まれて　遊女ラハブとの約束を過不足
なく記憶した　つり降ろしながら　ラハブはつり降ろし
ている男の重さに祈り　やがて来る新しい朝を思った

男たちの侵入はすでに知られていて　追っ手がラハブの
家を探索する　ラハブのもう一つの仕事は　亜麻を紡ぎ
死者を葬るための粗い布を織ること　そんな死装束を作

る亜麻の束に男たちを匿う　見つかれば共に死を覚悟し
なければならない　覚悟にふさわしい隠れ場所だった

エリコの聖絶はすでに決められたことであった　だから
男たちが持ち帰った情報は怯えている住民と　匿ってく
れた女の存在だけだった　神は　蔑まれた者としてなお
救いの時を信じたラハブの信仰を試したかったのだ　追
っ手を欺き送り出した後　ラハブは願った

[※1]あなたがたの神、主こそ、上は天、下は地において神
であられるからです。私はあなたがたに誠意を尽くし
たのですから、あなたがたも私の家族に誠意を尽くす
こと、今、主の前で誓ってください。
男たちに求めた誠意とは　殺さぬということだけではな

く　身を挺して主を信頼して行動したという証しと　と
りなしの祈りだった　罪深い者ほど神の存在を実感して
いる　この町が崩壊しても　生き延びながら自分を一新
できる機会が与えられると信じていた

六日間の回心の機会を与えられたのに　エリコは城門を
閉ざしたままにし　七日目に聖絶される　聖絶されたの
は偶像と偶像により頼む心　思えば私の街は偶像に満ち
溢れ　私もまたこの街に縋り付いている　この街に聖絶
が訪れる時　私は身を隠す亜麻の束を見つける事ができ
るだろうか　男たちを匿った亜麻の束は降架したキリス
トを包む柔らかな布となり　それを織ったラハブはユダ
の族サルモンと結婚　ボアズの母となり主の系図に名を
連ねるのだが

※1　ヨシュア記二章十一節

御業

先生、この人が生まれつき目が見えないのは、誰が
罪を犯したからですか。本人ですか。それとも両親
ですか。

思い出すことがある　身体を揺らしながら歩いたことを
からかわれて帰った夜　布団の中でこの足が治ります様
にと祈って眠りにつくと　歩けている夢を見た　歓びな
がら目覚めると　やっぱり麻痺している足は　冷えたま

ま布団の中にあった

だからある日神に問うた　一度死んで身体と共に復活する時　どのような身体で復活するのですか　私をからかった者よりも素晴らしい体で復活するのでしょうか　左右対称の疲れも痛みもない足を持って復活するのでしょうか　あなたのご計画は何だったのでしょうか

なぜあの夜　神は私の祈りどおりには聞き入れてくれなかったのかを思う　あの時イエスの目的は目が見えるようにすることで　その人を孤独から救い出し　心を開くことだった　おまえには家族がいて　補う家族がいて不足しているものは片方の足の長さだけではないか　そう諭されていたのかもしれない

本人が罪を犯したからでも、両親が罪を犯したからでもない。神の業がこの人に現れるためである。

「神の業がこの人に現れるため」　身体が癒されることはなかったが　この言葉を知ったことで少しずつ変化する心があって　身体への愛おしさだけが残った　こだわりを取り除き心を解放する　それは身体を癒すことと同等の御業　日常に残された不便さの意味を風の中で悟る

参考：ヨハネによる福音書九章

ザアカイ降りてこい

ザアカイ降りてこい　今日はあなたの家に泊まる

本当の名前は知らない　**彼**　が視線を合わせて男をそう
呼んだのでその時から　ザアカイ　善人という名になっ
た　家に向かい入れ　食事をし　酒を飲み　寝入るまで
何を語り合ったのか　ザアカイと呼ばれ嬉しかった　喜
ぶザアカイを見て**彼**は満足した　ただ冗談を言い合い
彼は大きな声で笑った　この日ザアカイに神の国を語る

必要はなかった

ザアカイ降りてこい　今日はあなたの家に泊まる

ザアカイは無花果桑から　**彼**を俯瞰した　**彼**は一体何者か　巷ではメシアと呼ばれ　密かにローマへの反乱者ではないかとも期待されていた　ローマの徴税人として見定めなければならない　メシアならば蔑まれた俺をどう救うのか　反乱者ならローマ側に付いて暴利を得ている俺をどう裁くのか

ザアカイ降りてこい　今日はあなたの家に泊まる

彼は行く手の無花果桑の上にいる　男を仰観した　回り

にいる奇蹟だけを求める者とは違う　品定めをするかの
視線　その時に救われるとはどういうことなのか　どち
らであっても　今日のように先回りをして　うまく立ち
回ればいい　**彼**は男のそんな思いを読みった　小賢しく
先回りをしても出合いたいという　思い

ザアカイ降りてこい　今日はあなたの家に泊まる

降りてきたことで同じ地に立ったはずだが　変化したこ
とがある　緩やかな風の中で　小柄なザアカイが**彼**を仰
観し　**彼**がザアカイを俯瞰する　ザアカイの半生を語る
少し薄くなった髪と丸まった背　**彼**の視界の中にいるこ
とで悟る　彼の意志

ザアカイ降りてこい　今日はあなたの家に泊まる

彼が去った後　暮し向きが変わったわけではない　変わ
ったとすれば少しだけ猫背を伸ばして真っ直ぐ人を見る
こと　今も徴税所に居て**彼**にザアカイと呼ばれたことを
思う　懐かしむのではない　今もある受容された体験

此処へ来い　早く　今日からあなたと共にいる

私は　そんな言葉が聞きたくて　今日も**彼**を見つけるた
めの無花果桑を探す　その時**彼**は私をザアカイと呼ぶか

参考　ルカ福音書十九章

野辺送り

母の葬儀を終えて　遺品整理の為に母の部屋に行くと
本棚には四十年余り前の聖書を解説する本があった　そ
こから何冊かの本を取り出し　私の家に持ち帰った　本
を開くと所々にボールペンで線が引かれている　線は揺
れながらそして消すことのできない黒いインクで

かれら[※1]は神の奥義を知らず、
聖性の報いも望まず、

汚れのない霊魂の誉れを悟らない。

この三行に何を見たのだろうか　ようやく落ち着いた暮らしが見え　過去を振り返ったとき　癒え切らぬ過去がそこに在り　慰めるように震える手で線を引き　祈ったのかもしれない　苛んだ者への許しではなく　耐えた自分に神が報いてくれるようにと

この国の野辺送りは　この世に思いを残さぬようにと棺には愛用品を入れて縁側から送り出し　庭で三度柩を回して　遠回りをして墓に行ったという　三度棺を回すのも時間をかけて違う道を行くのも　別れを惜しむ儀式ではなく　死者が帰りたくても帰れぬように　道を惑わせて諦めさせる儀式だった　愛したことも

聖堂から火葬場までの道　行きながら思った　神の前で
何も誇るなよ　憎しみなどもここに置いていけ　と諭す
ように祈ったことを思い出す　六十歳前後の母が暮らし
の中で　納得しながら解説書の聖句に線を引いたのか
母は苛んだ者との和解は済ませていたか　残された思い
も引き継いで託されたもののために祈る　託された記憶
が薄れるまでの道のりが野辺送りなのだと　今朝　死者[※2]
の記念の祈りの中で気付く

※1　「聖書　原文校訂による口語訳　知恵の書」
悪人の人生観　二章二十二節
フランシスコ会聖書研究所
昭和五十五年四月五日八版発行

※2　ミサの中で行われる、「復活の希望をもって眠りについた兄弟姉妹を……」という死者のために祈り

しがらみ　あるいは　柵

今朝の福音朗読は　正しいものに仕えるためには　足手
まといになり　決意を鈍らせるなら親・兄弟・子の縁す
らも切れと聞えるのだがそんな解釈で良かったか　この
個所に出会うたびに若くして家を出た姉を思う

母の三回忌を済ませて　無花果桑の木陰に帰って行った
八十歳の姉からの手紙を開く　自らの身体の不調と　と
もに住む同じ志を持った姉妹の介護があり　今後はあま

り帰ることができない　互いに状況の変化を想定して対
応の手順を作っている　そちらに行く回数が減っても心
配しないで　六十年前に家を出るという覚悟の時から用
意された手紙　当たり前のようでいて　文字はなぜか悲
しく心に逆らうのだ

晩年母は兄夫婦に介護されながらも　遠方から見舞いに
来た姉に甘え帰るのを遅らせるように願った　長年母そ
のものが姉の決意を試すしがらみだったのだろうか　母
の死によって解かれたものは何もない　互いに互いのし
がらみとなって　これで良かったのだと母もあの世で思
い続けているだろう　それは　愛着　に似ていて

同じ手紙が長姉と兄の所へ届いている　家を出ても兄弟

であることに何も変わりはない　疲れたら　いつでも帰
って来て休息をとって欲しいと　家を継いだ兄夫婦も長
姉も思っている　そんな思いを知りながら これからも
無花果桑の木陰で暮らす思いを文字にする　ふと旧約の
掟とそこにある仲間へのしがらみに悩んだペトロと　身
体の不調を抱えながら旅を続けたパウロを思った　共に
弟子にしがらみとなる手紙を書き続ける

川の水の流れを変えるもの　人の決意を鈍らせるもの
その両方を　柵　と書くことを知った　母を見送って二
度目の夏の祈りである　七十五歳直前の夏である

参考　マタイ十章三十四節

無花果

南側の庭の大きくなり過ぎた樹を伐採　見通しが良くなり過ぎたので目隠しに大きな鉢植えの無花果を置いた

無花果を選んだ理由は　幼い時住んでいた家の北側に私の背丈を超える無花果の木があり　大きな実をたくさん付けていた　母は包丁で皮を剝き私達子どもに順に手渡した　甘くておいしいね　と言うのだが　時々蟻が入り込んでいて　プツブツとしたあの舌触りは好きにはな

れなかった　甘物が好きだった母にとって貧しさの中で
も手の届く至福の味だったのだろう　あれを今食べたら
昔と違った味に感じるだろうか　そんな思いがあった

思えば薄幸な植物だ　三年も実を付けないことで怒り
この場塞ぎものめ切り倒してしまえと言われて　肥料を
やって手を加えてみますから後一年　と園丁に取りなさ
れ　あるいは葉ばかりを生い茂らせて　実る気配を見せ
ない無花果は呪われて枯れた　そこにあった期待　炎天
下に有ってその葉の下に人々を休ませ　空腹を満たす使
命　キリストの架刑となる四日前の逸話

スペイン旅行だったろうか　ドライブインに停まる前
添乗員が　チョコレートでコーティングしたドライ無花

果が名物　と言ったので同行のツアー客と一緒にそれを
探した　だがアルミホイルの包装を解くと貧相なものが
出てきて　味は　昔住んでいた家の無花果と　母を偲べ
る程度のものだった記憶がある

七月の猛暑の中で　無花果の葉が萎れて落ちた　日蔭の
ない炎天下に置かれ　大きな葉からの水分の蒸発が原因
と思えた　同じことが昨年もあったのであまり心配はし
ていない　指南書には　陽ざしを遮る時間も必要とあっ
た　しかるべき時に日蔭を作ってやらなければと園丁の
私は思う　それにしてもいつ実をつけるつもりだろうか

参考　ルカ十三章六―九節
　　　マタイ二十一章十八―二十二節

福耳　バカ来い　誕生日

恵比寿講の日は昼から花火が打ち上げられ　あの花火は
何　と母に聞いた　母は「バカ来い　バカ来いと呼んで
いるのだ」と私に言った　バカを呼んでいるのか　疑い
もなく納得したのだが　後になって商売の神様の祭りだ
と知った　商売人でなくとも伊佐須美神社への沿道には
夜店が並び　その賑わいに惹かれて行く者も多い　商売
をしているわけでもなく　周りの家より少し貧しかった
我が家に　夜店を冷かして歩く余裕などなかったという

ことだ　今となっては「バカ来い」とは失敬な言葉と思うのだが　母の恨み節だったのかもしれない

恵比寿講の日は私の誕生日で　夜の花火の音を遠くに聞きながら　六人家族で質素で変わらぬ食卓を囲む　世の中の景気が少しずつ上向いて　誕生日プレゼントなどという言葉も聞こえ始めてきたが　我が家はやはりほど遠い所にあった　小さな炬燵に家族で足を入れ　私は母の膝の中にいて　母は後ろからに両耳朶を引っ張る　福耳になれ　福耳になれ

あの頃は皆足袋を履いていて　足袋と言えば福助　羽織袴で両手をついてお辞儀をしているラベル　耳朶は大きくふくよかだった　それを見て母は　福耳になればこの

子は金の苦労はしなくて済む　と思っていたのだ　だから時折私の耳朶を引っ張ったのだ

母が私の耳を引っ張らなくなったのは何時頃からだろうか　今年も寒風と花火の音を私の誕生祝と聞きながら高校生の頃わずかな小遣い銭を持って　母には内緒で行った恵比寿講の賑わいを思い出す　寒風の中の手締めと掛け声　異空間に思えて　母を裏切ったような思いと共に早々に帰ってきた　鏡を見る時ふと思う　福耳にはなっていないが日々の暮らしを慎ましく過ごせている　これも母のまじないのような祈りのおかげだろうか

つまらないもの・のこりもの論

小学校一年生の土曜日　お腹を空かせて家に帰ると　母
が昼食を作っていた　香ばしい醬油の焦げる匂い　チャ
ーハンとは言わず　焼き飯と言ったように思う　当時と
しては珍しい料理　美味しくできたから食べる前に裏の
おばちゃんに届けてよ　食べてから持っていくと答える
と　あまり物をあげるようでは失礼になる　そう言って
母は自分で持って行った

そんな母は　土産を手渡すときには必ず　この羊羹は江
戸時代から続く老舗の　とか　この茶碗は将来人間国宝
になると言われている人の作で　とどこかで知り得た知
識を付け加え　結構高かったけれど気に入ったから　思
い切って　などと言いながら差し出していた　母の年代
の人が使う控え目な　つまらない物ですが　というセリ
フは聞いたことがなかった

つまらない物と言ったら　もらった人がつまらない物と
思ってしまう　良い物は良い物と言った方が味わっても
らえる　大切にしてくれると母は言うのだ　思い入れも
あったのだろう　見栄を張る　恩着せがましく　とは少
し違う　淋しい財布を考えながら必死に選んだ土産を
特別の物に変える魔術　多分自分をも納得させる

年老いた母が　空の五百ccの牛乳パックを私に渡す　貧
困の中にいる赤ちゃんのミルク代にあなたの財布の中の
一円玉を　そんな文章が書かれていて　気軽に受け取っ
たのだが　母の「つまらないもの・のこりもの論」を思
い出していた　戦中戦後の混乱の中で四人の子どもを育
てた母にとって　今も釣銭の一円玉は身を切る重さか

そんな母も昨年の夏　百一歳でこの世を去った　釣銭で
受取る一円玉は買い物の後ののこりもののような気がし
て　募金箱に入れることをためらう　痛みを伴う募金で
なければ愛ではない　と思いながらも　一日を終えてポ
ケットの硬貨を牛乳パックに入れるのだが

あとがき

ここで詩論とか詩に対する自論が書ければ良いのだが、そんな才覚などない。ただ、いつも引き合いに出すが七〇年安保以後、現代詩に何ができるか、という問いかけがあったような気がしている。あれから五〇年以上経っているが、それに対する私の答えが拙詩集「日常から」「ゆっくり五秒」そしてこの詩集「サイボーグ　の夜」だと思っている。とは言え大したことは書いていない。孫と私の日常、福祉、戦争などを題材しながら自分に対し宗教的に問う日常風景である。ともかく、死後の世界を含めて帳尻合わせをしてくれる神様には居てもらわなければ困る。そして神様がいるから当分この場所で散文詩を書くしかない。

　近況として、毎年一〇月に行われる「太田市戦没者等追悼式」の追悼詩を依頼されているが、何を書けば良いのか今年も悩んだ。不戦を誓った者がいなく

なり、戦争を体験していない者による正当防衛を盾にした軍備増強が行われている中、戦没者や遺族をどう慰めれば良いのか途方に暮れる。そして戦争による差別と暴力と搾取が横行しノーマライゼーションの実現には程遠く、教壇での私の言葉も空々しく聞こえているのではないだろうか。

年齢とともに頭で考えることに体がついていかず、やるべきことを一日伸ばしにしてしまう。前からの性分といえばいえるのだが、それでも悩みながら煙草を咥えウィスキーを飲んでいる。平均余命まで後六年、冬場は上州の寒さと空っ風は身に染みるが心筋梗塞と血圧の薬を飲みながらも至って元気である。

この詩集作成に当たり日本キリスト教詩人会の柴崎聰様、また背中を押してくださった時澤博様、七月堂の知念明子様、装丁等を担当してくださったワタナベキヨシ様に感謝している。

本文中の聖書の引用について、引用文献名のないものは二〇一八年刊「日本聖書協会」の「聖書　聖書協会共同訳」である。

二〇二四年秋の彼岸を迎えて

井上英明

著者略歴

井上英明（いのうえひであき）

一九四八年　群馬県太田市に生まれる
一九七六年　詩集『鳥山挽歌』（太田詩人クラブ）刊
一九八三年　詩集『受胎告知』（書肆いいだや）刊
一九八九年　詩集『サンタクロースがやって来る』東国叢書①（紙鳶社）刊
二〇〇八年　詩集『一粒の麦は、―戦没者追悼詩集』（風書房）刊
二〇一六年　詩集『日常から』えぽ叢書①（明文書房）刊
二〇一八年　詩集『その人に―ウバルド・霜鳥俊一さんの逝去を悼んで―』（クロールの会）刊
二〇一九年　詩画集『巡礼』（書肆山住）刊
二〇二〇年　詩集『ゆっくり五秒』（土曜美術社出版販売）刊

所属団体　東国　群馬詩人クラブ　日本現代詩人会　日本未来派　日本詩人クラブ
日本キリスト教詩人会（加入順）

詩集「サイボーグ　の夜」

二〇二四年一二月二〇日　発行

著　者　井上英明
現住所　〒三七三—〇八〇六　群馬県太田市龍舞町五四六七

発行者　後藤聖子
発行所　七月堂
〒一五四—〇〇二一　東京都世田谷区豪徳寺一—二—七
電話　〇三—六八〇四—四七八八
FAX　〇三—六八〇四—四七八七
july@shichigatsudo.co.jp

印刷製本　創栄図書印刷株式会社

ISBN 978-4-87944-587-2 C0092